The item should be returned or renewed by the last date stamped below.

Dylid dychwelyd neu adnewyddu'r eitem erbyn y dyddiad olaf sydd wedi'i stampio isod.

PILLGWENLLY

Newport
CITY COUNCIL
CYNGOR DINAS
Casnewydd

To renew visit / Adnewyddwch ar
www.newport.gov.uk/libraries

Merch y Mêl

C.L.: I Gwenno, merch y mêl.
V.L.: I fy mam-gu, Mamie Léone.

Argraffiad cyntaf: 2017

Dymuna'r cyhoeddwyr gydnabod cymorth ariannol Cyngor Llyfrau Cymru.

Lluniau: Valériane Leblond

Rhif llyfr rhyngwladol: 978 1 78461 430 0

Cyhoeddwyd ac argraffwyd yng Nghymru
gan Y Lolfa Cyf., Talybont, Ceredigion, SY24 5HE
e-bost: ylolfa@ylolfa.com
y we: www.ylolfa.com
ffôn: 01970 832304
ffacs: 01970 832782

Merch y Mêl

Caryl Lewis

Lluniau gan Valériane Leblond

y Lolfa

4

Doedd Elsi ddim wedi siarad ers iddi gael ei gadael ar stepen drws bwthyn ei mam-gu yng nghanol y nos. Lapiodd Mam-gu Elsi mewn siol liwgar a'i chario at y stôl ar bwys y tân, cyn cynhesu llaeth iddi ar y stof.

Roedd wythnos wedi mynd heibio erbyn hyn, a'r unig beth roedd Elsi wedi ei wneud oedd syllu allan drwy ffenest y bwthyn gwyngalch ar yr eira.

Roedd y draenogod yn mynd i gyrlio'n beli, yr adar yn dod i ofyn am friwsion, a'r wiwerod yn chwilio am gnau. Fel arfer, fe fyddai Elsi'n rhedeg allan i chwarae yn y plu arian, ond roedd ei chalon hi'n drwm, a'i thafod yn drymach.

"Mae'n neis bod yn dawel weithie," meddai Mam-gu wrth frwsio gwallt euraidd Elsi wrth y tân un noson. "Edrych ar y gaeaf. Mae hwnnw'n dawel. Yn gorffwys. Mae'n cryfhau ar gyfer y gwanwyn…"

8

Un bore, a'r gaeaf yn dechrau gollwng ei afael ar y bwthyn bach, rhoddodd Mam-gu lond bowlen o uwd o flaen Elsi, ac estyn potyn bach o fêl o'r dreser. Tynnodd lwy arbennig â llun gwenynen aur arni o'i brat, ac fe ddiferodd y mêl euraidd yn araf, gan ysgrifennu E fawr gyrliog ar wyneb yr uwd. Bwytodd Elsi, a theimlo'r mêl melys yn toddi yn flasau holl flodau'r haf yn ei cheg. Gwenodd Elsi ar ei mam-gu.

Y tu allan, roedd yr eira'n dechrau dadleth.

Pan oedd y gwanwyn yn gwthio'r blodau allan o'r
pridd i'r heulwen lachar yn yr ardd, aeth Mam-gu i
ystafell glyd Elsi a sibrwd yn ei chlust,
"Mae'r gaeaf wedi gorffen, dere gyda fi..."

Dilynodd Elsi ei mam-gu yr holl ffordd i lawr
llwybr yr ardd.
Yna gwelodd y peth rhyfeddaf iddi ei weld erioed!

Roedd pentref yng ngwaelod yr ardd.

Pentref bach, bach.

Tŷ bach pert â chloch fach aur ar y to.

Tŷ bach â drws a ffenestri glas.

Eglwys hardd â ffenestri lliw a thŷ bach lliwgar â blodau wrth y drws.

12

Edrychodd Elsi mewn syndod ar ei mam-gu.
"Tybed oes rhywun adre?" meddai Mam-gu â gwên.
Pwysodd Mam-gu ei chlust i wrando wrth dŷ bach pren,
ac fe wnaeth Elsi yr un peth.

Bsssssssssssssssssssssssssssssssssssssssssssssssssssssssssssssss...

"Gwenyn!" meddai Elsi gan deimlo rhyw gryndod yn ei bola.

"Pentref o wenyn," meddai Mam-gu.

Gwisgodd Mam-gu sgarff am Elsi a sgarff am ei phen hithau hefyd. Agorodd un o'r cychod gwenyn a dangos y frenhines i Elsi.

"Brenhines? Ond ble mae ei choron?" gofynnodd Elsi.

Gwenodd ei mam-gu arni.

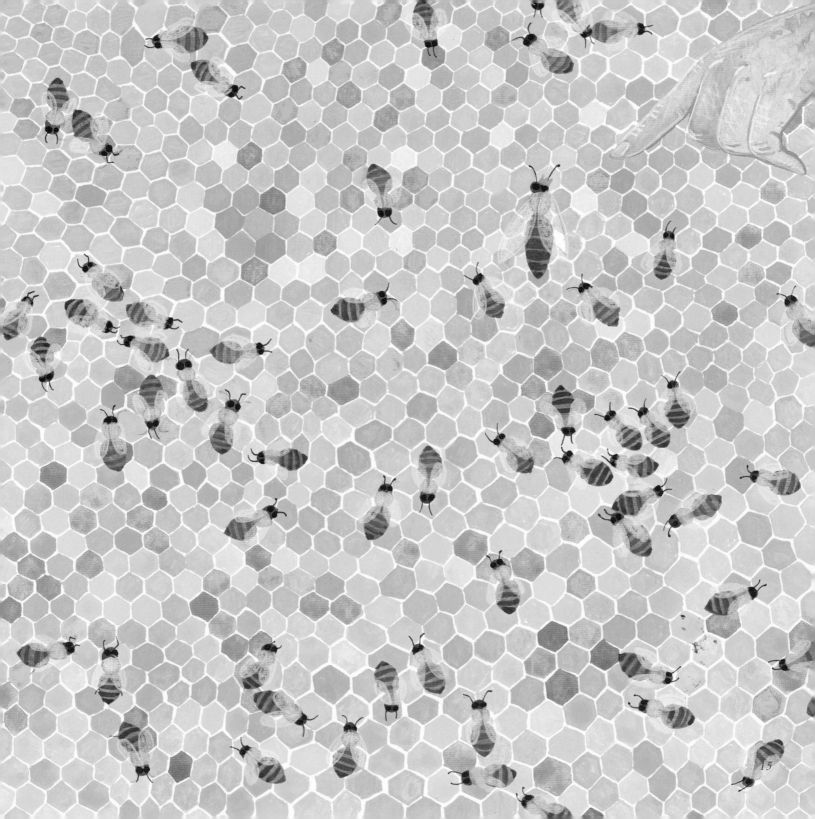

Gwyliodd Elsi wrth i'r gwanwyn gyrraedd mewn mil o newidiadau bach. Dilynodd y gwenyn at glychau'r gog a'r rheini'n tincial wrth i'r gwenyn eu cosi. Dilynodd nhw o un blodyn i'r llall.

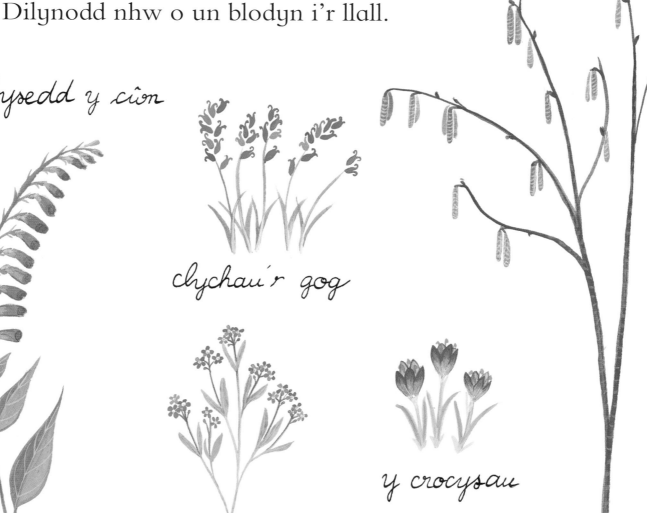

bysedd y cŵn

clychau'r gog

blodau'r cof

y crocysau

y cynffonnau ŵyn bach

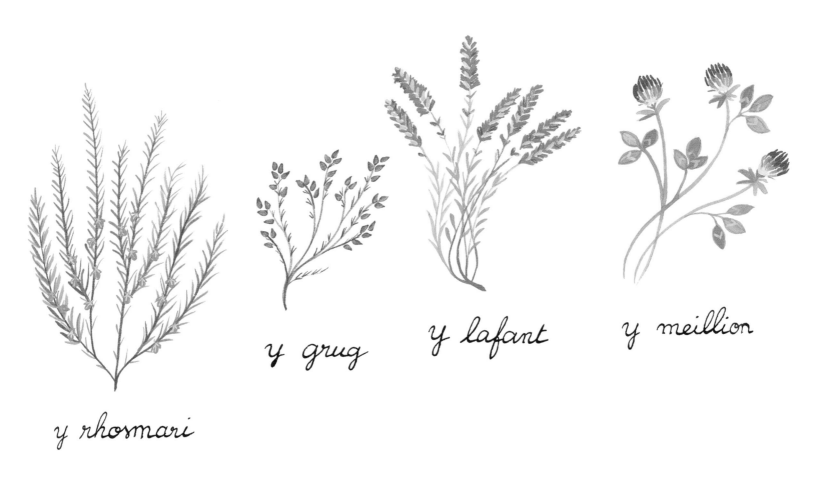

y rhosmari

y grug

y lafant

y meillion

A thrwy ddilyn y gwenyn, fe ddaeth i adnabod pob cornel o'r ardd fach, ac enw pob blodyn. Blasodd bob gair, gan ei chwarae'n ôl ac ymlaen yn ei cheg. Anghofiodd Elsi am ei thawelwch a dechreuodd siarad a chanu gyda'r gwenyn.

Yn yr haf byddai Elsi a Mam-gu yn bwyta wrth fwrdd bach o dan y goeden afalau yn yr ardd. Byddai'r aer o'u cwmpas wedi ei lenwi â phrysurdeb y gwenyn.

Wrth sylwi ar y gwenyn, daeth Elsi i ddeall eu bod yn dawnsio er mwyn siarad. Wrth siglo eu penolau, bydden nhw'n dweud wrth ei gilydd ble roedd y blodau gorau.

Byddai Elsi'n dawnsio hefyd.

A siglo ei phen-ôl.

A byddai Mam-gu yn chwerthin ac yn chwerthin.

Sylwodd Elsi fod ambell wenynen fach yn cwympo mewn cariad gydag un math arbennig o flodyn, ac yn mynd yn ôl ato, dro ar ôl tro ar ôl tro… ac yn cario'r paill yn ôl i'r cwch ar ei choesau.

Byddai Elsi'n chwerthin wrth weld y gwenyn yn cyrraedd yn ôl, yn edrych fel petaen nhw'n cario gormod o fagiau siopa!

Weithiau, os byddai glaw trwm yn cwympo'n ddafnau gwlyb, byddai'r gwenyn yn ffaelu hedfan.
Byddai Elsi'n eistedd wedyn ar sil y ffenest yn aros i'r cymylau glirio.

Pan na fyddai Elsi'n dilyn y gwenyn, byddai'n plannu blodau newydd iddyn nhw nes bod yr ardd fach wedi ei harddu i gyd.

Gwenu fyddai ei mam-gu.

Un bore, clywodd Elsi sŵn ei mam-gu yn y gegin fach.
Gwisgodd ei ffrog amdani a rhedeg i lawr y grisiau. Roedd
ei mam-gu wedi gosod potiau gwag ar y bwrdd ac roedd hi
wedi gwisgo ei fêl wen yn barod. Gwenodd ar Elsi.
"Mae'r haf yn dod i ben," meddai hi, "mae'r amser wedi
dod…"

Gwisgodd Elsi fêl hefyd a cherddodd y ddwy i'r pentref bach. Agorodd Mam-gu y cychod gwenyn gan adael i'r arogl sbeislyd, melys lenwi'r aer. Tynnodd ffrâm ar ôl ffrâm o fêl trwm ohonyn nhw, gan wneud yn siŵr bod gan y gwenyn ddigon i'w fwyta dros y gaeaf.

25

Yn y gegin, crafodd Mam-gu y mêl o'r
fframiau i bowlen enfawr cyn lapio'r cyfan
mewn defnydd a'i hongian. Roedd mêl dros y
ford a'r llawr a dros Elsi i gyd, ac eisteddodd
y ddwy i gael paned o de, a gwylio'r mêl yn
diferu i'r potiau glân.

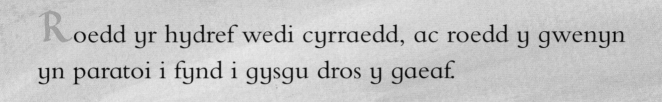

Roedd yr hydref wedi cyrraedd, ac roedd y gwenyn yn paratoi i fynd i gysgu dros y gaeaf.

Roedd y blodau'n cau, y wiwerod yn cuddio cnau, a'r draenogod yn chwilio am welyau clyd.

Chwyrliai dail llydan ar hyd y lawnt ac roedd y concyrs ar waelod yr ardd yn chwyddo yn eu crwyn.

"Dyna'r haf wedi ei roi gadw am eleni eto," sibrydodd Mam-gu.

Ond roedd Elsi wedi mynd i gysgu yn ei chôl.

Pan ddaeth y gaeaf yn ôl eto, doedd Elsi ddim yn drist.
Byddai'n creu coron hardd o bapur fel un brenhines y
gwenyn ac yn ei haddurno â lluniau o wenyn.
Byddai'n rhedeg yn yr eira ac esgus hedfan fel gwenynen.

Byddai'n adrodd enwau'r blodau.

Byddai'n adrodd lliwiau'r ardd.

Byddai'n breuddwydio am y gwenyn ac fe fyddai eu sŵn yn llenwi ei phen.

A gorau oll, byddai'n cael mynd i'r pantri ac agor potyn newydd o fêl. Byddai Mam-gu yn ei ddiferu ar hyd wyneb yr uwd gan ffurfio E fawr gyrliog ac yn sibrwd yn ei chlust…

Fe dyfodd Elsi yn fenyw hardd, a'i gwallt o liw'r mêl.
Cafodd ferch fach, ac fe'i magodd hi yn y bwthyn â'r
pentref bach hynod yng ngwaelod yr ardd.
A phan nad oedd bywyd yn hawdd, fe fyddai geiriau ei
mam-gu yn hymian yn ei phen…
"Cofia, yn nyfnder gaeaf, y daw'r haf eto yn ei dro…"

Caryl Lewis

Lluniau gan Valériane Leblond

yLolfa

www.ylolfa.com

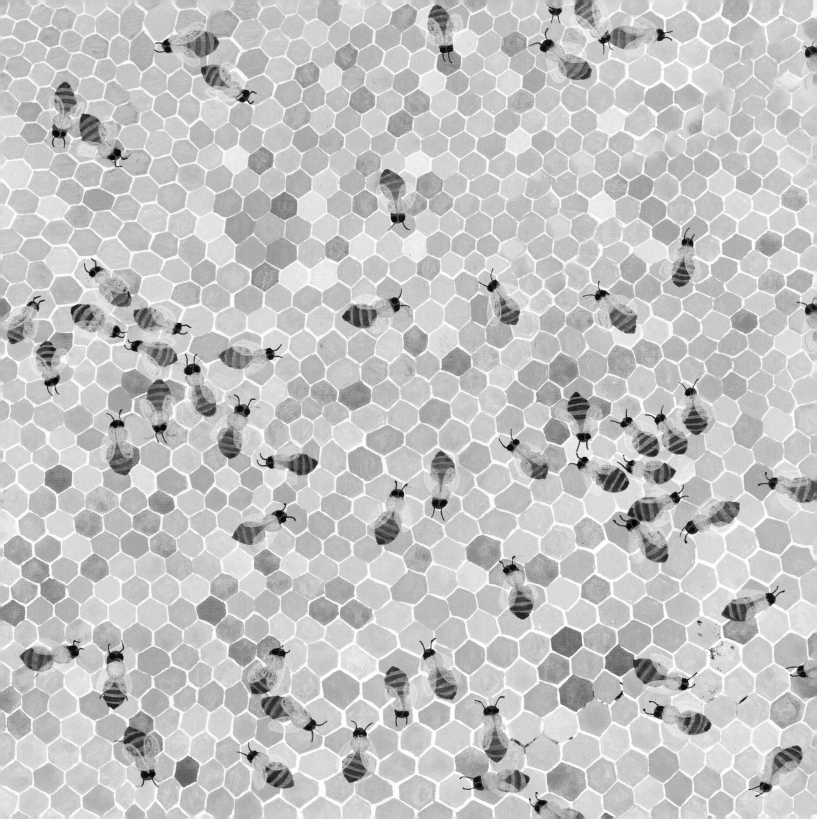